우리는 매일 헤어지는 중입니다

실천시선 255

우리는 매일 헤어지는 중입니다

김은경

실천문학사

차례

제1부 | 모르는 데로 열차가 떠나듯

제2부 | 우리는 전부 비틀거리는 사람

제3부 | 얼굴이 뒤바뀐 줄도 모르는 퍼즐처럼

제4부 | 늦은 봄이 겨울을 조문하듯이

모르는 데로 열차가 떠나듯

제1부

눈물을 참는 습관

꿈에서도 눈물을 꾹 참았다

보리수와
오디와
앵두를

붉은 눈물인 양
두 손에 받았다

응시

열여덟 내 꿈은 햇빛이 잘 드는 방 한 칸 갖는 것
열여덟 자수 공장에 다닌 엄마 꿈은
머룻빛 비로드 치마를 입고 춤을 추는 것

소녀로 살고 싶은 마음
눈부신 빛 속으로 날아오르고 싶은 마음이
시이고 봄이고
병일지 몰라

나는 손가락으로 너의 손바닥에 '사랑해'라고 쓴다
너는 물 위에다 '영원'이라는 말을 적는다
문명의 디아스포라, 기러기들이 하늘에다 무수한 발자국을 남기고
이내 사라진다

빗방울의 박동을 연구하는 사람들이

한밤중에도 운동장을 뛰고 있다

고통을 시로 옮겨 적는 이들이
저기 들판에 가득하여

쟁기를 들고 수레를 끌고
흙을 받는다 소금을 거둔다
소름 같은 땀방울을 이마로 퉁겨내며
조심조심 성큼성큼

매일매일 시듦을 견디는 나의 꽃들아
시시각각 비루함과 겨루는 나의 창문아

빗방울에 새긴 글씨는 순식간에 사라지지만
마가목 열매처럼 붉어진 두 눈으로 나는 응시하리라

어둠이 언제 희미해지는지
하찮던 창문에 언제 빛이 드는지
침묵하던 입술이 언제 발화하는지

그토록 차갑던 심장은 어떻게 뜨거움을 얻는지

별내 옆 갈매*로 옮겨 가기

별이 좋은 날이다

이불을 빨고
공터에서 배드민턴을 치고
까무룩 잠을 자다 일어나
식은 죽을 먹어도
아무렇지 않은

머지않은 미래엔 주정뱅이 사내를 피해
도박 일삼는 남편을 피해
여자들끼리 모여 사는 집을 하나 장만해야지

배신을 모르는 안개꽃을 사야지
코코넛향 세숫비누를 사고
흰 머리는 그냥 두어도 괜찮지

---

* 별내동, 갈매동 : 남양주와 구리 경계에 이웃한 동네.

부지런히 분갈이를 하고
쌀독에 쌀을 채우고
손톱으로 벌레를 짓이기는 대신 단추를 돌려
가만히 라디오를 켜야지

김광석이 오고
퀸과 이글스가 오고
어떤 새는 죽고
어떤 개로부터 새끼는 태어나고

궁금했던 사람의 목소리를 간신히 떠올리는 동안
저녁이 바투 오겠지

일몰이 올 때 봉숭아꽃 발그레한 낯빛이 좋아
모르는 데로 열차가 떠나듯 찻물 끓는 소리가 좋아
집으로 향하는 자전거 바퀴 소리가 좋아

숨소리를 죽이고 사뿐사뿐 지나가는
공룡 모양 구름도

애끓는 시간은 찻잔 바닥에 가라앉고
한 모금 두 모금
한 계절 두 계절
한 사람 두 사람
한 잎 두 잎

죽음은 그렇게
별내 옆 갈매로 옮겨 가듯,

칭다오 칭다오

칭다오에 사는 이십 년 지기
설에 맞추어 귀국한다고 했다

중국차가 좋니 술이 좋니
당연히 술이 좋지!

약속은 약속 맹세는 맹세 그래도 지켜지는 게 있어
몇 해 만에 만난 아줌마 둘이 공부가주를 나누어 마신다
스무 해를 마셔도 늙지 않는 주량처럼
멀고도 가까운 칭다오 달고도 쓴 칭다오

배갈을 마시면 바람 부는 수수밭에 선 기분이 들어
몇 번을 돌려 본 장이머우의 비디오테이프, 고향집 어딘가 있을 텐데

서울 하늘엔 낫처럼 솟은 달

잊힌 사내의 혀처럼 뾰족한 별빛
가운데서도 너는 아름답고 한없이 너는 선하다

봉다리라는 별명을 가졌던 그녀
스무 살엔 날마다 물이 줄줄 샜지 술도 눈물도
헐렁한 봉다리를 헤집고 흘러나왔지

선명한 건 아무것도 없어 우리는 단단하지 못했지
강단 있게 좀 살아, 엄마 같은
잔소리를 나는 했지

칭다오에 한번 와
가을엔 사람이 너무 많고 겨울은 추우니까
봄이 좋아 봄에 한번 와

물컹물컹

건드리면 와락 무너질 것 같은 여자 둘이서

수수 끝난 수수밭에 선 추알*처럼
어쩌면 불행을 모르는 행불자처럼
칭다오 칭다오 노래하는 밤

중국술과 용한 호랑이 연고가 담긴 검은 봉다리는 아직
핏덩이 같은 두 개의 심장을 담기에 충분하다

* 영화 〈붉은 수수밭〉의 주인공.

성탄절

일요일
아주 긴 꿈이거나
아주 잠깐의 눈 뜸이거나
그것이 생,

잘못 배달된 상자를 들고
문 앞을 기웃거리는

우린
같은 산타를 애용하고 있구나

맨드라미

담장 밑에 고양이
담장 밑에 담배꽁초
담장 밑에 가래침

담장 밑에 심었지 맨드라미 맨드라미

맨드라미의 붉은 살을 들여다보다가
나도 모르게 뾰로통해지는 건, 알 수 없어

멀리 있는 사람의 맨발을 떠올리는 하루

못생긴 발
십 리도 못 간다고 믿었던 그 발

줄곧 네게로 향하던 물음
먼지와 몰염치와 몰락한 연애사를

물감으로 풀면 무슨 색이 고일까

불면과 불안과 불화
그 모든 불편을 뒤섞으면
맨드라미의 꽃빛

암흑일 줄 알았는데 왜 이리 환하지?
끝이라고 했는데 왜 아직 끝이 안 나지?

네 걸음을 놓친 건 찰나였을 뿐인데
하혈하듯 사랑이 가고

비리디비린 작두 위
맨발 같은
꽃이 태어났다

요가 수업

생활이란 얼마나 거추장스러운 것인지

답 없는 질문을 혼자 던지곤 합니다
가령

우리한테 다음 생이 있을까
저 수많은 별은 누구의 영혼일까

갠지스 모래알만큼 많은 비밀을 품은 사람들
골목은 그림자를 숨기기에 적절하고
신성한 요가원은 대개 골목 귀퉁이에 세 들어 살지요

같은 표정의 얼굴들을 지나 여기가 저기 같은 골목을 돌아
어두컴컴한 계단을 걸어 올라갑니다
막다르다고 여기는 순간 흰 약 봉투처럼 열리는 문

겉옷을 벗어던진 사람들이 방 안에 빙 둘러앉아

고양이 자세를 취합니다
비둘기 자세를 따라 합니다
얼마나 오래 수련을 하면 뼈와 눈물이 사라질까요
내가, 내가 아닌 게 될까요

인간의 시간을 버리고 물고기 호흡을 합니다
발 아래가 끔찍할 때는
물구나무를 서보는 것도 괜찮습니다

믿는 도끼에 발등이 찍히는 꼴을
피가 거꾸로 솟는 기분을 비로소 이해합니다

사랑이 파멸이 되듯
사람이 짐승이 되는
상황도 부지기수입니다

나마스테, 이것은 만남의 인사이자 작별의 인사입니다

마늘밭에서

너는 손가락 열 개를 폈다 오므렸다
늦게라도 수화를 배우지 못한 것을 내가 후회하는 동안

들에는 신부가 던진 부케처럼 마늘꽃이 고왔으나
나는 보라 수수꽃다리를 흠모했지

살다가 헐어빠진 비애보단 헤어진 채
비애를 부풀리는 소문이 되는 편이 좋았다

수화를 배우더라도 네 말의 의미 짐작할 수 없었다는 걸
한참 지나지 않고서도 알았지만

짐승의 목숨이 차라리 따뜻하다 믿는 날,
혼자 입기엔 너무 커다란 방에 식탁을 차리고 앉아
날고기를 먹는다
생마늘을 씹듯 매운 침묵을 삼키며

에스키모처럼 춥고 인디언처럼 외로워서
은쟁반은 차갑고 영원한 무정부주의자,
달빛은 흔들림이 없다

바람은 유월 마늘밭에서 묵언을 경작 중이다
나의 자서전에는 오늘 아무 내용 써지지 않아도 좋다

무신론자에게 접신하듯 종일 비가 내리는 날이 있다
꿈속인지 무덤 곁인지
심장을 겨눈 아린 맛이 헛바늘인 듯 고였다

알 수 없는 것들

오늘도 우리는 구름을 흠모하고
곧 탄로 날 거짓말을 공모하네

그 수북한 라이터는 매일 어디로 사라지나

물은 누가 마셨나
펜은 어디 두었나
흡혈귀 같던 장미는 누가 썩게 놔뒀나

햇반은
라면은
어느 구석에 있다가
유통기한 지나서야 찔끔 나타나는지

이 많은 바람은 누구의 부역인가
태풍은 어디서 오는가

안남마을 사과나무 과실은 누가 달았나
자욱한 안개는 누구의 몫인가
남은 자의 유산인지 떠난 사람의 상흔인지

만장 같은 시신은 대체 누가
나무에 매달아 놓았나

혐의는 추억처럼 펄럭인다

눈부시게,
뻔뻔하게

비의 교훈

한여름 폭우 같은 봄비 쏟아지다
밤을 이어 내리던 빗줄기는 아침이 와도 잦아들지 않고

이번 생의 교훈이라면
다섯 번의 연애를 하는 사람은 다섯 번의 생을 살고
아흔아홉 번의 이별을 하는 사람은
아흔아홉 번의 생을 산다는 것

마흔 살의 나는 벌써
백발 할머니가 된 기분이야,
그런 독백이나 중얼거리며
비 맞고 서 있다

읍내 목욕탕서 종일 뒹굴다 온 날처럼
열 손가락이 쪼글쪼글하다

미역

영생요양병원 302호에는 철 지난 담요를 허리에 매고
미역 사이소, 미역 사이소
소리치던 안정분 할머니가 살았다

삼 개월 된 아기를 떼고 미역국을 먹는 검푸른 낯의 여인이 있었다
언니 같기도 하고 나 같기도 한 여자들이 같은 자세로 앉아
미역국을 뜨고 있었다

스물다섯 자취방에선 이 분 만에 완성되는 즉석 미역국을 먹고 출근했다
처음 맛본 짐승의 혀처럼 이상했다
이상한 서울 이상한 거리
어디선가 재빠르게 배송되는 이상한 새벽들

허기질 때마다 미역국을 끓였다

배고프지 않은 날도 미역국을 끓였다
이웃집 밥 냄새에도 눈물이 나,
생일날 연인이 처음 끓여준 미역국에선 80년대 미원 맛이 났다

물속으로 가라앉고 싶을 때마다
뜨거운 목숨 부지하라고 이르는 시퍼런 부레처럼
미끄덩한 그것이 입천장에 들러붙었다

목을 감기에도 적당한 그것

물에 불리면 여덟 배 열 배 퉁퉁 불어나고
뜨거운 솥 안에서 나 대신 곡소리를 내기도 한다

서러운 날에 먹는 미역국은
멀리 있는 엄마를 부르는 맛이고

시험날 모르고 먹어버린 미역국은
어쩌다 생겨 나온*
흐느낌이다

* 김소월의 시 「부모」에서.

비우티풀*

고통과 희열은 하나의 표정을 가졌다

화성 갈대밭에 버려진 캐리어에서 발견된 시체는
수개월째 실종된 이십대 여성의 것으로 밝혀졌다
깜부기 같은 얼굴 위로 쇠파리가 꼬이는 꿈을 한동안 꾸었다

유난히 붉은 뺨을 가진 아이의 얼굴은
차디찬 백지장으로 건져 올려졌다
그 봄, 떠도는 소문보다 많은 시체들이 심해에 가라앉았다

루머가 되기도 하고 유머가 되기도 하는 사건들

두툼한 가방을 싸놓고도 정작 중요한 걸 빠트린 탑승자처럼

---

* 알레한드로 곤잘레스 이냐리투 감독의 영화. 'Beautiful'을 소리 나는 대로 읽으면 'Biutiful'(비우티풀)이 된다.

죽음은 생각보다 싱거운 여행일지 몰라

유언장도 묘비명도 죽은 자의 몫이 아니고
크지 않은 키를 구부릴 필요도 없이
네모난 상자 안으로 들어가기만 하면 되는 것

오르골에 갇힌 발레리나의 기분으로
나는 쓸쓸하겠지만
그게 무슨 대수겠어

조여진 태엽이 풀리는 순간
비우티풀 비우티풀, 새들은 지저귀고
찔레 열매는 빨갛게 익어 무덤 위로 떨어지고

만약 거기 있다면
천사에게 나는 묻겠지

아우슈비츠와 체르노빌과 팔레스타인과 후쿠시마
팽목항과 팽목항과 팽목항과 팽목항……

당신에게 정말 삶이 죽음보다 아름다운가요?

제2부

우리는 전부 비틀거리는 사람

동경

해가 비치는 언덕을 따라 정릉에 가네
쓰레기 버리지 마시오 낙서 금지 사랑해 금옥아
모든 금지의 담벼락을 넘어
세상 꽃이란 꽃들은 목숨을 다하여 피고

마당에 둘러앉아 뽀얀 빛깔의 술을 따를 때
해시시 해시시
누군가 수줍게 웃었네

울고 싶어도 울지 않는 사람들이 세상에 아직 많아
누군가의 어깨는 흐느끼고

봄바람 속, 때 묻은 세간들이 수런거리네

바지랑대는 직립을 향하여
빨랫줄은 평행을 향하여

우리 둘러앉은 방부목 평상은
아직 오지 않은 평화를 향하여

먼지는 먼지를 향하여 최선을 다하는 봄날

화투패를 돌리듯 술잔을 돌린다
내년 봄엔 오키나와에 갑시다
목백일홍 필 무렵엔 우리 노고단에 오릅시다

도원결의가 별건가 이런 게 도원결의지

취한 건 우리가 아니라 난분분하던 꽃잎들
애달픈 당신의 심장을
볕에 내어 말리고 싶다 여기는 한낮

약속한 약속들이

뭉게뭉게

쓸쓸하여도
사려 깊은 구름들이
둥글게 둥글게

시월

우리는 매일 헤어지는 중이에요

대추나무는 대추알과
은행나무는 은행알과

지상의 모든 열매는 눈물방울 같아요
나는 대추나무
나는 은행나무

나는 감물 번진 노을 밑에 홀로 서서요

팔이 떨어져 나간 사람은 팔이 있다는 착각을 하며 내내 살듯이
살 빠진 사람들이 두 개의 영혼을 갖고 살듯이

지난 가을 스웨터를 입고

상실감을 상실하는 나무가 되는 꿈을 꾸어요

알아요, 당신?
모든 나무의 눈물주머니 속엔 열매가 살아요

고욤나무의 고요를
자작나무의 한숨을
환희라는 꽃말을 가진 자귀나무의 역설을

빗방울처럼 받아먹는 저녁이에요

일요일의 상상력

밭마다 꽂힌 초고압 송전탑이 외계인의 비밀기지라면
24시 켜진 네온이 그들의 구조 사인이라면
청량리 떡전교에서 휘청휘청 겨우 나를 비껴가는
리어카가 실은 춤을 추고 있는 거라면
허공이 토해낸 은행알들이
엄마의 젖꼭지라면, 흐느낌이 올 때마다 그녀
한쪽 가슴 걷어 올려 뽀얀 즙 먹여 준다면

사방에 숨은 맨홀들이 야전 침대라면
시립공원 녹슨 그네가
잠 못 드는 한 사람을 위한 일인용 안락의자라면

오늘이 어제라면

겨울나무에 휘감긴 전구알들이 긴 밤 굽어살피는
신의 눈동자라면

그가 나를 사랑하고 있다면

달콤할까?
조금 덜 서운할까?

월요일이 오고
장례식에 가고

밤새 덮고 있던 이불을 누군가 거두어 가고

시시콜콜 병이 자라고
어제 받은 꽃이 비록 오늘
시들어도

무아국수

종로세무서 골목 무아(無我)국숫집에 앉으면
희고 둥근 두레박 내려
밤새 누가 술을 긷는지
차르륵— 흐르는 막걸리 소리

술을 따릅니다 말없이,
어두워지는 것은 곧 익어가는 것

깍두기와 김치가 놓인 식탁에서
우리의 국경은 인도처럼 아득하고
허리우드라는 말처럼 익숙하게 되새기는 국수 가락이
반짝, 입속으로 들어갑니다

눈과 귀가 먹먹해질수록 국수는 국수 맛이 나고

포개져서도 외롭고 긴 대젓가락처럼

오늘 나는

처음 태어나는 그믐입니다

메밀꽃 필 무렵

팔월에는 메밀밭에 갔었지
평창이라는 지명도 연애도 유행처럼 번져서
어쩐지 메밀밭에 가야 할 것만 같던 그 여름

국수를 먹고 송어회를 먹고
계곡에 발을 담갔네
간지러운 몸
담배를 피우고 화투를 치고
막걸리 내기 팔씨름을 하느라
너는 땀을 뻘뻘 흘렸지

민박집 대청마루는 미끄러질 듯 윤기가 나고

머리통 쪼개진 수박
붉은 과육
붉은 목단화

태양에 그을린 검붉은 심장들

씨를 뱉어낸 마당에서 금세 수박이 자랄 것처럼
만물이 소문처럼 번져 가던 여름

유순한 남자는 많았지 친절한 남자는 더 많았지만
하나뿐인 남자는 어디에도 없었지

메밀꽃만 못 봤지

백숙 솥에 남긴 닭 뼈다귀처럼
허연 메밀꽃
너무 창백해 이승의 빛 아닌
메밀, 메밀꽃만 못 보았지

올백, 고전미

그것은 간밤의 기도를 들키는 일

머리카락 한 올 없이 얼굴을 드러내는 것은
맨바닥에 누워 비행운을 바라보는 것처럼 가없는 일

그늘 드러나 기미 거뭇하다 선명한 주름은 완강히 미래를 거부한다

맨드라미와 과꽃, 시든 구절초와 엎어진 수타짜장면
발음조차 아름다운 모라토리엄 모라토리엄!
언질 없는 시간이 오는 동안 눈에서 눈물이
또록, 떨어져도 딴 데 감출 데가 없다

이마를 드러내는 것은 전면을 드러내겠다는 다짐
양파를 까는 노동처럼
마늘 짓찧는 수고처럼

마음 저편 무릎이 저리는 일
어쩌면 영원히 혼자일 것처럼

그것은 외톨이가 간밤의 꿈을 발설하는 일

이마 위로 왔다간 입맞춤을 기억하노니
뺨을 스치던 손을 기억하노니

모든 쓸쓸함 기록한 머리카락은
쪽 지어져 허공에 물구나무

햇볕에 그을린 고전 미인들이 지금 일제히
양손을 들어 마른세수를 하고 있다

얼굴은 이미 하나의 둥그런 샘이 되었다

스모크

언제나
우연히 만난 남자가 더 많았다
매립지 위 눈사람마냥 웅크리고 있던 그림자들
우연히 만난 구두
우연히 만난 화분
우연히 만난 개

투병하듯 어쩌면
투약하듯

말을 모르는 사람끼리 포옹하면 이런 기분이 들까

구름을 만질 수 없어서
불꽃을 가질 수도 없어서
쓸쓸한 부족들이 치르는 단 일 분간의 묵념

불을 붙인다
흰 입김 내뿜는다
담배가 타오른다
연기(煙氣),
실오라기처럼 날아가는
집시의 뒷덜미처럼 사라지는
연기(緣起)

새카만 비밀을 삼키듯
연기를 삼키는 날들

크리스마스 캐럴

오늘 라디오에서 올해 첫 크리스마스 캐럴을 들었지
먼 나라의 노래를 듣다 보면
겨울이 바짝 실감이 나

근친한 풍경들은 도무지 쓸쓸하기만 하여서

두툼한 양말을 사야 할 것 같고
빨간 장갑과 빨간 내복
크리스마스 씰처럼 네모난 창문이 있는
집을 자꾸 들여다보게 돼

탁자 위 먼지는 어디서 왔을까
봄을 기다리는 목련나무의 손톱은 얼마나 길었나
쓸데없는 생각들이 동그란 귤껍질처럼 피어나
침 고인다

부르지 않았는데 이미 당도한 슬픔들은 어떻게 하나

여문 복숭아씨같이 너는 여기 박혀 있으니
두 눈을 스위치처럼 깜빡, 감았다 뜨면
있던 게 사라질까
잊은 게 다시 올까

Last Christmas I gave you my heart*
떠난 이의 목소리는 천사처럼 아름답고

눈송이로 덮기에 과분한 죄들이 떠오르는데
검고 딱딱한 벽들을 지우며 눈발 흩날린다

아무 죄도 없이 엎드린 강물 앞에서
나는 어쩌면 낙태한 어미의 심정이 되어

용서라는 말을, 미안이라는 병약한 그 말을
고백하고 싶어졌다

---

* 웸(Wham)의 노래 'Last Christmas' 부분.

염천

새가 죽으려 할 때는 그 울음소리가 슬프고,
사람이 죽으려 할 때는 그 말이 착하기 마련이다.
- 논어

꽃과 과일이 놓인 제단 앞에서
네 살 조카아이가 생일 축가를 불렀다

그렇지 세상에 장례만큼 호사로운 잔치도 없지

액운을 막아 준다는 고추기름이 뜬 육개장을 먹으며
평생 내가 삼킨 살의 무게는 얼마나 될까 염려하였으나

염을 끝낸 할머니의 이마는 섣달 얼음장처럼 차갑고
오래전 문신으로 새긴 눈썹이 그믐달마냥 호젓했다

당신 희미해지는 순간을 잊지 않으려고
두 눈을 꼭 감았다

어른들이 곡을 할 때마다
아이는 왜 울어 왜 울어 했다

갖은 의문 속에서도
고향집 푸성귀들 살이 오르고
고추가 혼자 익어 하염없이 붉었다

왜 우느냐고
무슨 일이냐고

서녘으로 넘어가는 해가 내게 또 물었다

15분마다 한 대 오는 80번

남양주 별내동에서 서울 상계동까지
같은 버스에 탑승한 우리는 전부 비틀거리는 사람

주정뱅이는 노래합니다
난 누군가 또 여긴 어딘가,
화장이 서툰 중학생은 재채기를 하는 건지 울부짖는 건지
웃음과 울음을 분간 못하는 건 어제오늘 일이 아닙니다

평생 제 직업이 서툰 점술사가 애써 비둘기를 날려 점을 칩니다
"어차피 닥칠 일은 닥치고야 말지…"

길가 좌판엔 철없이 싱싱한 햇배
노인들은 졸리고 버스는 달립니다
바짓단에 인 보푸라기까지, 평생 달리고 있지요

수도서울 절대사수! 철 지난 구호가 새겨진
군부대를 지나 굴다리를 지나 구멍이란 구멍을 지나
천천히라는 팻말을 지나
버스는 서울의 끝을 향해 갑니다

클라이맥스처럼 클랙슨!

공중에 붙박인 저것은 태양입니까
너덜너덜한 우리의 심장입니까

창밖엔 검은 잠바를 거죽처럼 걸친 사내
담배를 맛있게도 빨고 있네요

가 봤자 말짱 꽝이라는 듯
이번 생은
완전 폐업이라는 듯

김수영 문학관에서의 일일

도피가 필요한 날씨였다

액자 속 시인의 얼굴은 무표정
"은경 씨, 나중에 꼭 김수영 문학상 타요"
누군가 진지한 톤으로 농을 했다

길쭉하게 네모난 창 앞에서
기념사진을 찍고
건물 앞 제라늄이 목숨 건 열애처럼 붉어
목이 탔다

커피와 팥빙수
뜨거운 것과 차가운 것
물과 기름이
지상의 냄비에서 한창 끓고 있었다

뜬금없이 비가 내렸다, 여름이니까
여긴 땅 위니까

그 저녁 찾아간
단골 곱창집은 문을 닫았고
순댓국집에서 소주를 부었다
그가 마지막으로 사주는 밥인 줄도 모르고

이번 생 펼쳐 든 차림표에는
내가 외쳐 부를 이름이 없다는 걸
미처 모르고

아끼던 우산을 기어이 식당에 두고 왔다

전철을 탔다
부들부들 몸을 떨면서도 울지 않았다

5호선에도 6호선에도
종착역이 있어 다행인 밤이었고

슬픔처럼 살며시 여름이 사라졌다*

* 에밀리 디킨슨의 시.

얼굴이 뒤바뀐 줄도 모르는 퍼즐처럼

제3부

감은사지 가는 버스

해안선이 길을 따라 휘어진다
감은사지(感恩寺址) 가는 완행버스

떨어지는 해는 손에 잡히지 않는다
붉은 빰이 어제의 사람을 닮았다

낯선 관광객처럼 눈에 익은 조문객처럼
어디서 와 어디로 가는지
바퀴는 덜컹덜컹 잘 구르고

비린 마을을 지나 버스는 내리 동해를 달리고
나를 아프게 하는 것은
떠난 이의 뒤편도 흘러간 노래도 아닌 아주 사소한
모래바람 따위
사막에서도 길을 내어 가는 것들

대소쿠리 가득 바다를 이고 방죽을 걸어가는
주름진 여자,
여자가 흘리고 간 발자국마다 유해 같은 소금이 쌓이는
오후

모래밭 위 오징어처럼 말라갈 수 있는 상처가 있다면
꼿꼿이 말뚝 박고 서서
스쳐간 익명의 길들 해풍에 내거는 어느 날이 온다면

잠을 청해도 귀를 닫아도 사방엔 물결치는
파도,

파도는 비통을 모르고 파도는 애도를 모르지만

감은사지 가는 길,
돌아갈 수 없는 외길이라면

오래전 죽은 별들이 건너와 모르는 척
뒤척이고 있는 거라면

옥수수버터구이

달콤한 걸 먹으면 잠이 잘 온다고 믿는다

그것은 오늘의 소란을 녹여 굽는 일
버터와 마요네즈와 설탕과
너의 샛노란 눈동자—옥수수 알갱이를 프라이팬에 담아 뒤적인다

삼 분이면 돼

프라이팬 속 너는 계속 두 눈을 끔벅인다
너를 불 속에 둔 건 나인데
눈물 흘리지 않았는데
내 얼굴은 잔뜩 얼룩져 있다, 상온에 방치해 둔 버터처럼

잠이 오지 않는다 했던 주근깨 계집아이는
밤새도록 털실을 풀었다 감는다

아무도 읽지 않는 이상한 소설을 쓰는 습관이 있다

취미가 직업이 되면 박복해진다고 엄마가 그랬는데

나는 여전히 옥수수 알갱이를 뒤집는 중이다
거대한 옥수수 농장의 일꾼처럼 능숙하게
사랑이라는 거대한 감옥의 파수꾼처럼 충직하게

열 개의 눈동자가 불에 졸아들고 있다
백 개의 눈동자가 불에 졸아들고 있다
수천 개의 눈동자가 나를 응시하고 있다

이토록 긴 이야기도
삼 분이면
틀림없이 끝이 난다

이별 정류장

아스팔트 한복판에서 멧돼지가 죽어 나간 날
영화관에 가고 배드민턴을 친다
도심 어디에도 안전한 서식지는 없지만

총천연색 꿈을 꾸고 비타민을 챙겨 먹는다
오늘 저녁 식사는 아몬드 한 줌
분 냄새가 나는 코코아우유
어린아이의 혀를 흠모하지만
태엽 감을 수 있는 시간은 상영되지 않는다

Anyway
사랑과 섹스 결혼과 이별이
렌털 가능한 산업이 되었다

모르는 사람과 나란히 영화를 본다
빗소리를 분양받고 술을 마신다

나는 취할 수도 있고 심지어
웃을 수도 있다

이별 후에 오는 것들

겨울에는 빨래가 잘 안 마른다

염화칼슘을 뿌려도 길은 미끄럽고
서로를 끌어안던 손가락은 얼어붙을 것처럼 땡땡하다

계절마다 이별을 하면서
겨울의 감옥이 여름의 감옥보다 낫다고 했던 노학자의 말을 버렸다
따뜻하고 복된 계절은 없었지
거짓말 같은 날씨만 있었지
거짓말 같은 폭설에 객사하던 청춘만 있었지

맹신은 종종 배신으로 돌아온다

너는 동전을 던져 미래를 점치는 습성이 있었고
나는 몸을 던지면 사랑이 가능하다고 믿는 병을 가졌다

흔들리는 것은 나쁘다고 배웠는데
흔들리지 않는 것도 결코 선하지는 않았다

빵처럼 부풀어 오르다가
곰팡이처럼 퍼져 가는 일

꽃인 줄 알았다가
재인 줄 알았다가

죄라고 고쳐 쓴다

생활의 달인

돌멩이를 동경하듯 겨울을 동경한다
깊은 잠을 동경하듯 죽음을 동경한다

바람소리가 폭탄 터지는 소리처럼 들릴 때
복면한 심령술사, 활시위를 당긴다
벽면이 가둔 눈동자를 향해

바람인지 비명인지
침묵인지 거짓말인지
그을린 심장이 하는 말을 듣기 위하여

13층 새 아파트로 이사 가는 박에게
"뛰어내리기 좋은 층이군"

갓 쪄낸 고구마를 누군가가 건넸다
"네 심장을 꺼내서 주는군"

설명할 수 없는 일은 끝내 설명할 수 없지
손 없는 이가 더듬는 점자처럼
눈먼 개가 청해 듣는 오늘의 수업처럼

두고 봐
어떤 비극 속에서도 난 살아 있을 테니

복면을 한 심령술사
혐오를 흉내 내며 채널을 돌린다

한 줄 쓰다 만 일기장이 바람에 넘어간다
하품하듯
게으르게 화면이 바뀌고,

텅 빈 동공을 매달고도 가로등은 교체되지 않는다
지루한 창밖이 어제 같다

로맨티스트

송년 무렵엔 독수리다방에 갔다

이륙하는 비행기 소음이 크리스마스 캐럴 대신
울려 퍼진다면 좋을 것을
창천(滄川), 서강으로 흐르는 물줄기가 있었다는 곳에
모르는 얼굴들이 떠밀려 와 있었다

날개 없는 누구에게나 밀실은 필요하니까

송년 무렵엔 독수리다방에 갔다
성냥개비처럼 마른 연인들이 소파에 기댄 채 졸고 있었다
나는 내가 너무 뚱뚱해서 기댈 수 없었다

창밖엔 탄핵이라는 말과 유행성 독감이 부유했다

차곡차곡 낡은 것들이 사라진 다방에

크리스마스트리가 서서
메리 크리스마스, 메리 크리스마스 인사했다

해피 뉴 이어, 해피 뉴 이어
벽장에 잘도 숨은 귀신들이 장난스레 속삭였다
의미 없는 말이지만 우리에겐 예의가 필요하니까

하얀 잔에 든 게 비밀인지 얼룩인지
나는 피곤하고 딱히 할 일도 없었으므로
시커먼 그것을 성배처럼 들이켰다

참을 만큼 참았는데도 여전히 아프다
참을 만큼 참았는데도 이곳은 기괴하다

오, 할렐루야! 나는 참고 싶지 않아요
지옥에서 이만 사직하겠어요

리얼리스트가 되겠다는 결심은 얼마나 간지러운 것이었나

뭐가 꿈이고 뭐가 생시지?

어느 날 갑자기 잠자*처럼 벌레가 되어도
후회하지 않겠다고 새해 다짐을 했다

---

* 카프카의 「변신」에 등장하는 주인공 '잠자'는 체코어로 '나는 고독하다'라는 뜻을 갖고 있다.

서툰 사람들

날이 풀렸다는 예보에도 겹겹으로 외출하는 습관

겨울이 끝났으나 다음 계절이 없었다
봄은 장롱 안에서 소진돼 가라고 그냥 두었다

보고 싶다는 말
아름답다는 말
미안하다는 말을 들으면
눈물이 나,

나는 기도했지
당신이 잃었으면 (눈을)
당신이 알았으면 (피를)
당신이 앓았으면 (비로소 사월을)

한때는 세상의 모든 병원을 무너뜨릴 꽃이,

꽃이 피고 있다고 믿었지

지금 이곳은 면도날로 저민 꽃잎 같은
모욕만이 무성하나니

울기 싫은데 매일 울기만 하는 사람처럼
죽기 싫은데 완전히 살아 있지는 못하는 환자처럼

고백에 서툴고
생활에 서툴고
셈에 서툰 사람으로 늙어가는 일

상복 입은 목련 나무 아래서
거무죽죽한 부표(浮標)를 줍는다

여보세요 여보세요

엄마 엄마 엄마…

빈 소라 껍데기 같은 허공에서 들려오는 먼먼 목소리

고양이처럼 잔뜩 몸을 웅크린 이가
비로소 파종하는 한 떨기
봄

서울서 둘째로 잘하는 집*

유신론자는 아니지만
찻집 이름이 마음에 든다
첫째로 잘하는 건 신에게 맡겨두고
하느님 다음 둘째로 잘하는 가게가 되겠다고 내건
1976년 산(産) 간판이
나이테 많은 나무처럼 단호해서

속살마저 아파 세상의 좁은 골목들을 지날 때
길은 나를 알아보지만 나는 길을 의식하지 못하고
발을 헛디디고서야 무릎을 굽혀 바라보는 풍경은
어제와 다르지 않아 견딜 만한 것

물고기 닮은 눈을 끔벅이며
부레를 잃은 자의 허기로
나는 서늘하였을까

---

* 서울 삼청동에 있는 단팥죽 가게.

서자(庶子) 같았을까
손목을 그어버릴 것 같은 낮달이
뒤따라오는 길

어떤 생경한 아픔도 단팥죽 한 숟갈 머금으면
나을지 몰라,
도망치듯 망명하듯
아픈 사람들이 찻집으로 들어서네

신이 주신 해와 구름, 풍문과 병이 흐르는
옛 골목을 휘감고 도는 단팥죽 냄새,
서러워 날아가는 영산홍 향기가
불그죽죽 폭죽처럼 타오른다

흔전만전 꽃사태 속
봄 홀로 자결한다

외롭고 웃긴 가게*

신기료장수에게 발품을 팔았고 첫사랑에게 눈을 팔았다 서른세 번째 남자에게는 비음 섞인 가짜 고백을, 결혼할 사내에센 다락방의 열쇠를 거저 내주었다 그는 단골도 아니었는데

눈물이든 땀이든 닦을 손수건을 샀고 나보다 오래갈 만년필을 샀고 유언을 연습할 일기장을 샀다 몸집만 한 가방도 샀으나 가게 문을 닫고 떠날 곳이 없었다

네 새치 머리칼을 네 간헐적 눈물을 네 단호한 입술을 사고 싶었으나……

매일 문을 열고 매일 밤 셔터를 내린다

일 없이 운다 그만큼의 웃음도 매일 삐죽삐죽 헐거운 틀

* 가수 이상은의 곡.

니의 바람소리처럼 새나온다

누군가의 가게를 대신 봐주고 있단 생각에 부득부득 잠을 설친다

러브 하우스

버튼인 줄 알고 눌렀는데
쑥 파헤쳐진 구멍

다 기억한다는 오류는
완벽하다는 신앙은 얼마나 튼튼한
살갗입니까

아침 드라마처럼 명백하게 직역되는
거울의 광경

견고한 레고는 아름답기도 하지
식탁엔 온 식구가 앉아 있네, 얼굴이 뒤바뀐 줄도 모르는
퍼즐처럼

여보세요
얼음장이 두터워질수록

어쩐지 나는 살 것 같아요

깨트리라고 걸린
창문들을 활짝 열어젖히며
굿모닝

뛰어내리라고 달린
발코니에서 사뿐히 빨래를 걷어요
원 투 쓰리 포, 굿나잇

축하합니다
오늘의 수수께끼가 내일로 유예되었습니다

늦은 봄이 겨울을 조문하듯이

제4부

다르질링에서 쓰는 엽서

이것은 그러니까 이번 생애 가장 멀리 띄우는 소식
하관이 긴 벵골 출신의 우체국 직원은 한 달이 걸릴지 몇 달이 걸릴지 알 수 없다고 손사래를 쳤다

약속할 수 있다는 것도
약속할 게 없다는 것도 죄다 유한한 사람의 일

엽서 속 칸첸중가엔 허기진 밥물 같은 안개가 고여 있다
이국의 언어를 주소란에 적어 넣는다
당신과 분배할 빛이 사라져서 지난 이별은 고통스러웠어,
붉은 꽃과 붉은 불과 무채색의 기도
시바*를 부르며 푸자** 행렬 속에서 생을 다하는 문맹은 선량할 거야

구애에 실패한 독수리들이 회오리바람을 몰고 날아오른다

---

* 시바(Siva) : 파괴자인 동시에 재건자인 힌두교의 신.
** 푸자(Puja) : 힌두교의 제사 의식.

유서 없는 죽음들이 아침저녁으로 만개한다

엽서 한 장에 다 쓰지 못할 말도
엽서 한 장에 다 쓸 수 있는 말도
내게는 없어서

나마스테, 당신의 이름만 쓰기로 한다

우체국 문을 나서면 기차역 기차역을 지나면 푸른 차밭
차밭을 지나면, 칸첸중가를 지나면, 오늘 밤을 지나면, 내 일과 글피를 지나면……

이상하고 슬픈 돌림노래는 누가 부르는 것인지

검푸른 삼나무 숲을 달리고 달려도
가장 느린 자전거를 타고 나온 여행자처럼

이번 생 우리는 내내 별거 중이다

어떤 편지는 후생에야 닿고

어떤 이는 매일 밤 유실(流失)되는 꿈을 꿀 것이다

탱자나무

밤을 다해 신(神)은
검은 잉크를 찍어 내 머리에 새기지

무심코 누설한 비밀
우연히 훔쳐본 사내 목덜미에 얹힌 소름
누군가 힘주어 쓴 공중화장실 벽의 글씨 따위

어느 밤엔 부재중인 이의 거친 숨소리
익명의 전화번호 여덟 자리가
나도 모르게 줄줄 흘러나오기도 한다

내 몸이 감옥인지
내 마음이 섬인지
한번 발 들여놓은 것들
자주 발이 묶였다

강화읍 갑곶리에 있는 탱자나무는
적병을 막기 위해 산울타리로 심어졌다는데
씁쓸한 열매가 고름처럼 커가는 내 언저리에는
당신이 있다
사랑은 다시 발명되어야 한다*는
알 수 없는 예언이 있다

골똘한 한 생각 끝에 깊어진 싯누런 빛의 탱자가
얼룩을 만들면서 얼룩을 덮어 간다

씨를 품은 것은 하나같이 쓸쓸하구나,
푸른 피를 나눠 가진 달이
자장가를 불러 주었다

검 휘두르는 태양 아래서도

---

* 랭보,「헛소리1」.

내 몸은 덤불
별들이 가시로 핀다

봄은 탕, 총성 한번 없이
새뚱 같은 탱자꽃 부려 놓았다

셔틀콕

언니, 내가 말야 그놈의 다이어트 좀 해보겠다고
어제 저녁 먹고
남편이랑 배드민턴을 쳤거든?
휴, 공을 어쩜 그렇게 못 받는지
삼십 분 치는데 한 삼십 년은 친 거 같아

살 빼려다
이혼부터 하게 생겼어

레드 탱고

A형을 드릴까요
O형이 좋을까요
분명한 성향이란 없지요
다분히 망상적인 데가 있을 뿐

식탁 위 두 벌의 수저처럼
차분히 나뉘어져 있군요
우리는

나는 레종을 좋아하고요
털북숭이 고양이는 끔찍해요
발정난 울음소릴 모사하면서
웃어요

달라서 사랑하고
달라서 이별하는

오랜 관습

시니컬하게
혹은 뜨겁게
양념 반 프라이드 반처럼
간단하지 않아서
우리의 입술은 자줏빛
당신이 건넨 장미는 핏빛

춤을 출 때도 작별할 때에도
끄덕이는 고갯짓이 반드시 긍정은 아니지요

지느러미 같은 손을 맞잡고도
미안합니다,
끝까지 스텝이 서툴러서

인도

토이트레인 창 너머서 만난
노인의 꿈틀거리던 입술에 대해 쓸 수 있을까
쓸 수 있을까
호텔 벽을 천연덕스럽게 기어오르던 도마뱀의 기분
불가사의의 타지마할, 단돈 50루피를 사기 치려고
환타 색 미소를 팔던 인력거꾼의 혓바닥

지프차 꼭대기에 짐짝처럼 얹혀 가던 사내
그 사내가 건넨 비릿한 짜이의 맛을 나는 쓸 수 있을까
인도와 네팔의 경계에서 젊은 사내가 건넨
담배 한 갑의 구름을 미망(未忘)을, 쓸 수 없다 나는

"꼭 전화하세요"
고백하던 스무 살 청년에게
전화하지 않았다

모든 길은 인도만큼 멀고
인도만큼 가깝지만
나는 너를 위해 아무것도 쓰지 않으련다

타인을 근심하는 피부 속에
사기꾼의 피가 흐르고 있다는 걸
수천 번 고백하더라도

오늘, 사랑은 불가능하다

고백은 언제나 입김보다 빨리 사라진다
그것은 맥주 거품보다 쓸모없다

4호선 타고 오이도 가요

엠피스리 볼륨을 키웠다 줄이는 순간에만 나는 골똘해
집니다

지린내 풍기는 골목, 국밥은
아무 맛이 없어 차라리 편안합니다

그냥 4호선 타고 오이도 가요

말 안 되는 뉴스들
투구인지 가면인지 모를 얼굴을 걸친 사람들
눈 가린 연인들은 오늘도 술래
동일 지점에서 터지고 마는 풍선들

안팎으로 추워 더 물러설 곳 없는 12월입니다
죽기 전에 연애나 실컷 해 봤으면,

가까스로 꽂힌 햇빛이
가루마냥 부스러지는 섬에서
일순간 늙어버린 행려병자처럼

껌을 삼켜요
사이다를 엎어요
더 센 술을 찾아요

파도가 가까울수록 수평선은 멀찍이 달아납니다
나는 나로부터 달아나는 중입니다

딩—딩—딩—딩
종착음 울린 전동차 문을 열고 꾸역꾸역
바다가 밀려옵니다

입맞춤과 솜사탕 진눈깨비와 불꽃놀이

노을처럼 번지던 음음음음 허밍

모든 것이 사라지기에 좋은 날입니다

악녀라 불러다오

손대기도 미안하거나
연유처럼 달콤하거나
거짓말 한 점 없이 결백한 것은 넘쳐나니까

물고기의 연하던 속살이 더러운 밀항선을 타고
부패와 지루함의 시간을 거쳐 거뭇해졌을 때
곰팡이 피우며 썩어 갈 때
어둠 속 취기를 견디다 못해
말들을 토해내고 노래를 토해내고
먹은 음식들을 다 토해낼 때

위험한 자전거 문드러진 포도송이
짐승의 체온이 아직 남아 있는
최후의 선지피 한 점
태풍 속 날들과 잡초의 폐가
그리고 그 위를 걷는 상처의 발,

서늘해서 더 생시 같지 않은 궁극의 맨발
할 수 있다면 사내여, 고백은
그 발등 위에 해 주렴

만삭의 벌레가 부푼 몸을 이끌고
단 하나의 몸속으로 들어간다
어두침침한 벌레가 검붉은 홍옥 속에서
제 몸 부피의 단맛을 만드는 그때,
자신이 단맛을 만드는지
죽음을 맞이하러 가는지도 모르는 채
기어가는 벌레의 귀에 대고 소곤대듯
사내여, 내게 말해 준다면

노래하듯이 말고
약속하듯이 말고
승리하듯이도 아니고

실패하듯이
침묵하듯이

늦은 봄이 아주아주 늦지는 않게 겨울을
조문하듯이

사랑이라고,
사랑이라고 말해 주렴

오늘의 메뉴

달빛 젖은 티티카카 호수를 천천히 졸이면 달걀찜이 될 거라는 생각
내 혀에 닿은 저릿함을 당신도 좋아할 거라는 믿음
모든 연애의 시작은 달콤하기만 하여서
우리는 기어이 문을 열고 들어갔지
서로의 숟가락에 상냥히 깍두기를 얹어 주는 상상을 하며

불길한 예감에도 달라지지 않는 끝

그날 24시 식당에서 당신은 콩나물국밥
나는 검은 선지가 뚝뚝
화물용 선박처럼 담겨진 국밥을 먹었지
(사실 그건 내 심장이었는데!)

사랑은 외울 수도 없을 만치 다채로운 김밥천국 메뉴판이다

선택권이 많은데
마땅히 고를 게 없는

이토록
빈곤한 상상력

부음

"엄마 난 잘못 태어난 거지?"

- 영화 〈나의 라임 오렌지 나무〉 중 '제제'의 말

이틀 전의 꿈, 벽에 비스듬히 기대 선 그가
넉살도 좋게 "밥 사 줘"라고 말했네
그 청을 나는 거절 못하고

우리는 무슨 음식을 먹었는가
거긴 어디였던가

어금니가 아프고
신발 끈이 풀리고
불길한 꿈이 꿈을 잇는 밤

우연히 날아든 새는 아무 잘못도 하지 않았는데

사방에 꽃이 지네
져본 목숨만이 도달하는 극치

작년 잎이 마저 썩지도 않았는데 새잎이 돋아나네

헤어진 적 없이 두고 온 손목처럼
벗겨진 손톱의 빨강
담벼락의 빨강을 보기만 해도
입에서 피비린내가 나는데

두 눈자위 아무리 뜨거워져도
그는 오지 않는다

오래전 우리가 거닐던 다산초당에 뚝뚝
동백이 떨어져
붉은 혓바닥을 내밀고 있다는 소식
반짝이던 사람이
영면에 들었다는 한 소식

인사동 포도나무집*

산구름 같은 포도나무 그늘 속
잘 익은 포도를 직박구리가 와서
냠냠 쪼다 날아간다

나의 입술을 핥던
너의 눈동자도
여름 새벽 물기 머금은
포돗빛이었지

이제는 일별(一別)한
옛일

희부연한 술잔 위로
슬픔 같은 단내가 퍼진다

---

* 서울 인사동에 있는 주점.

젖몽오리 풀리듯
마당 가득
수국 꽃잎이 분분하다

칠월 오후에는 취하기가 제격이지
어느 날엔
현생(現生)이 전생(前生) 같다

냉기가 도는 심장을 껴안고 잠이 들었다

냉기가 도는 심장을 껴안고 잠이 들었다
창백한 뺨
낙제생의 분필처럼 동강난 관절은 망설임 없이 굳어 가고

우리는 막 비행을 배운 새처럼
윤기 나는 시간이 깜빡 켜질 때가 있었는데
수줍고 여린 무순 같은 입술을 오므리며
사랑해 사랑해 사랑해
유일한 탈옥수처럼 외치던 때도

냉기가 흐르는 심장을 껴안고 잠을 청해 본다
꿈에서도 냉기가 흐른다
이 커다란 움 속 총성은 꺼지지 않아
아무것도 쉬 잠들지 못하고

잡고 있던 친구의 살갗은 멍들었다
기한 지난 약속이 한 꾸러미

부풀어 오른 입술 잘 밀봉된 거짓말
검은 즙 배어나는 봄ㅡ 봄이 한 다발
핏덩이, 핏덩이 진…… 저것은 이미 형체가 없다

잠 속인데도 배가 고파 모멸을 먼저 삼켰다
옅은 어둠을 밀어내고 점점 더 짙은 어둠이 몰려왔다

살았니 죽었니
죽었니 살았니,
궁금하지도 않은 질문을 반복하며 바닷물이 몸을 덮쳤다
아는 얼굴이 티브이에 도배되는 꿈을 오늘도 꾸었다
삽시간에 죽음이 유행처럼 번졌다

냉기가 도는 심장을 껴안고 잠이 들었다

제주 바다를 헤엄치는 꿈

해처럼 어여쁜 소년을 만나는 꿈
시를 쓰는 꿈
레몬트리* 레몬트리 노래하는 꿈……

모두, 물거품이 되었다

---

* Fool's Garden의 노래 'Lemon Tree'.

독버섯 농장으로 놀러 오세요

누구든 자신만의 방식으로 자기의 식물을 키워요

그늘을 편애하고
봄을 불신하고
물오른 싹을 벼룩처럼 짓이기는 습성으로
차곡차곡 양식이 쌓여 가요

좀 보아요
독을 품으며 발아하는
황홀경의 무늬를

어금니를 악문 혐오
연민 없는
냉정의 순간
거짓말보다 빨갛게
피어오르는 양귀비

기필코
당신을 배반할
한 무더기
사랑

18세

— 2014.04.16

살아 있었다면 너는 더 먼 곳으로 여행을 갔겠지. 별을 세었겠지. 초여름의 신록을 입었겠지. 바닷물로 짠 수의 같은 건 절대로 입지 않았을 거야.

해설·시인의 말

고통과 비밀 속에 춤추는 별의 언어
-지극히 인간다운 방식으로 향유하는 삶의 주이상스

김지윤(시인, 문학평론가)

감각을 소거시키려 하는 시대와 불화하며 강렬한 오감의 쾌락을 보여 주었던 김은경의 이전 시집 『불량 젤리』(삶창, 2013)를 잇는 두 번째 시집은 더욱 깊어진 시인의 성찰과 함께 삶에 대한 열망을 숨기는 고통의 감각들을 진지하게 탐색한다.

이 시집에서 주목되는 점은 고통과 희열의 접점을 잘 보여 주고 있다는 것이다. 고대의 플라톤에서 현대의 지젝에 이르기까지 수많은 철학자들은 고통과 쾌락의 관계에 대한 숱한 고찰의 기록을 남긴 바 있다. 플라톤은 저서 『파이돈(Phaidon)』에서 신이 '고통'과 '쾌락'의 싸움을 화해시키려다 결국 둘의 머리를 한군데로 붙여 버렸다고 표현하였고, 라캉은 '고통스러운 쾌락'인 주이상스를 말하며 인간의 모든 충동을 죽음충동으로 읽었으며, 지젝은 그 '죽음충동'을 삶을 향한 열망의 다른 형태라고 재해석했다.

그러나 굳이 철학자들의 이론을 열거할 필요도 없이, 고통과 쾌락이 서로 맞닿아 있음은 우리가 자극적인 음식과 스릴 있는 경험을 즐기고, 가능성이 희박한 도전을 하며 무엇보다 굳이 사랑에 빠진다는 사실에서 알 수 있다. 사랑만큼 고통스러우면서 쾌락을 주는 것이 어디 있을까. 고통과 실패를 감내한다는 것은, 비효율성을 버리도록 되어 있는 인공지능이라면 결코 하지 않을 선택들이다. 그러므로 고통과 맞닿은 희열을 체험하고 추구한다는 것은 합리성에 대한 지극히 인간적인 방식의 저항이라 하겠다.

시인은 가장 솔직한 인간의 통감(痛感) 속에서 삶의 본질을 찾는다. 우리가 무언가를 '통감한다'고 말할 때 그것이 "사무치게 느낀다"라는 사전적 의미를 갖듯 사물과 삶에서 일정 이상의 깊이에 도달하여 만날 수 있는 진리에는 고통스러운 데가 있다. 그래서 어떤 진리를 깨달을 때 우리는 곧잘 탄식을 뱉는다. 고통을 넘어서야 볼 수 있는 진실에는 슬픔과 기쁨이 뒤섞여 공존한다.

> 마가목 열매처럼 붉어진 두 눈으로 나는 응시하리라
>
> 어둠이 언제 희미해지는지
> 하찮던 창문에 언제 빛이 드는지
> 침묵하던 입술이 언제 발화하는지
>
> 그토록 차갑던 심장은 어떻게 뜨거움을 얻는지
>
> —「응시」 부분

시인은 "마가목 열매처럼 붉어진 두 눈으로" 비로소 삶의 깨달음을 얻고 숨겨진 비의를 응시할 수 있게 된다. "차갑던 심장"이 뜨거움을 얻는다는 표현은 시인의 '응시'가 차가운 기계와 달리, 목숨이 있는 것들만이 가질 수 있는 뜨거움을 찾는 일임을 상징한다. 시인은 고통을 기어이 넘어선다. 거기에 어떤 아름다움이, 생명의 본질을 엿볼 수 있는 무엇이 있다는 것을 알기 때문이다.

"불면과 불안과 불화/그 모든 불편을 뒤섞으면/맨드라미의 꽃빛//암흑일 줄 알았는데 왜 이리 환하지?/끝이라고 했는데 왜 아직 끝이 안 나지?"(「맨드라미」) 라는 시 구절에서 보듯 불면, 불안, 불화, 불편을 다 섞어서 나올 수 있는 것은, 예기치 않은 "맨드라미의 꽃빛"이다.

이는 편안함과 안정과 타협이 아닌 불편과 불화와 그것이 가져다주는 괴로움이 있어야 만날 수 있는 아름다움이며, 또 다른 시작이다. 이 뜻밖에 마주친 아름다움의 '발견'에 시적 화자는 "암흑일 줄 알았는데 왜 이리 환하지?/끝이라고 했는데 왜 아직 끝이 안 나지?"라고 중얼거린다.

「비우티풀」은 시인의 이런 생각을 더욱 여실히 보여 준다. 동명의 영화에서 따온 제목 '비우티풀'은 아름답다는 뜻과 비극적인 영화 내용의 불일치를 통해 의도된 패러독스를 드러낸다. 이 시에서 시인은 "고통과 희열은 하나의 표정을 가졌다"라고 말한다. 앞에서 언급한 파이돈의 말을 떠올리게 하는 이런 표현은 "루머가 되기도 하고 유머가 되기도 하는 사건들"이 흔하게 일어나는 삶에서 고통과 희열이 공통분모를 가진다는 것을 드러내고 있다. 그래서 시인은 "독을 품으며 발아하는 황홀경의 무늬"(「독버섯 농장으로 놀러 오세요」)를 보려 한다.

사방에 꽃이 지네
져본 목숨만이 도달하는 극치

작년 잎이 마저 썩지도 않았는데 새잎이 돋아나네

헤어진 적 없이 두고 온 손목처럼

벗겨진 손톱의 빨강
담벼락의 빨강을 보기만 해도
입에서 피비린내가 나는데

—「부음」 부분

이 세계에는 고통이 가득하다. 무언가를 상실하고 뭔가 결여되어 있고, 조금씩 앓고 있는 이들의 편에 서서, 시인은 그들의 고통 안에 있는 진실을 감각하려 한다.

꽃이 지는 모습을 바라보며 시인은 "져본 목숨만이 도달하는 극치"를 이해한다. 흩어져 내리는 분분한 낙화는 꽃놀이를 온 사람들을 매혹시키지만 사실 그것은 꽃이 죽어가는 장면이다. 고통을 알고 있기에, 시인은 그 장면이 품고 있는 깊은 상실감과 아픔을 감지한다. "작년 잎이 마저 썩지도 않았는데 새잎이 돋아"나는 이 쓸쓸함 속에서 낙화가 아름답다는 것은, 어쩌면 끔찍한 일이다. 어느 날 정신 차려보니 사라진 계절처럼, 제대로 헤어진 적 없이 잃어버리는 것들은 또 얼마나 많은가. 어느새 "벗겨진 손톱의 빨강"처럼, 뒤늦게 깨닫는 상실은 더 아프다. "담벼락의 빨강을 보기만 해도 입에서 피비린내가 나"는 고통의 감각은 많은 것을 잃어본 사람에게 주어지는 능력일지 모른다. "발을 헛디디고서야 무릎을 굽혀 바라보는 풍경"(「서울서 둘째로 잘하는 집」)이 있기 때문이다.

우리는 매일 헤어지는 중이에요

대추나무는 대추알과
은행나무는 은행알과

지상의 모든 열매는 눈물방울 같아요
나는 대추나무
나는 은행나무

나는 감물 번진 노을 밑에 홀로 서서요

—「시월」 부분

시인은 "일 없이 운다 그만큼의 웃음도 매일 삐죽삐죽 헐거운 틀니의 바람소리처럼 새나온다"(「외롭고 웃긴 가게」)라는 표현처럼 늘 "눈물방울 같"은 언어를 흘려 놓는다. 자기의 열매들과 계속 헤어져야만 하는 나무의 운명을 헤아리기 위해 "감물 번진 노을 밑에 홀로 서"서 말이다. "씨를 품은 것은 하나같이 쓸쓸하구나"(「탱자나무」)라고 탄식하면서.

세상의 비밀을 찾는 눈, 춤추는 별의 노래

김은경 시의 미덕 중 하나는 명랑한 어조와 잘 읽히는 문장들 사이에 묵직하고 서늘한 삶의 통찰을 담아 두고 있다는 것이다. 그래서 너무 가볍지도 너무 무겁지도 않은 발걸음으로 우리를 삶의 비밀들 앞으로 서서히 끌고 간다.

문화비평가이자 철학자인 한병철은 이 시대를 진단하는 책 『타자의 추방』(문학과지성사, 2017)에서 타자(他者)가 존재하던 시대가 지나갔고 "비밀로서의 타자, 유혹으로서의 타자, 에로스로서의 타자, 욕망으로서의 타자, 고통으로서의 타자가 사라진다"고 말한 바 있다. 끊임없이 부정성을 제거하며 모두를 획일화시키는 세계적인 것들의 폭력이라는 주제에 천착해 온 한병철은 투명성과 과잉 소통이 우리를 보호하는 내면성을 앗아가고 있다고 말한다. 동일성이 강화되는 세상에서 비밀과 유혹과 욕망과 고통으로서의 타자는 사라져 간다.

사내여, 내게 말해 준다면

노래하듯이 말고
약속하듯이 말고
승리하듯이도 아니고

실패하듯이
침묵하듯이

늦은 봄이 아주아주 늦지는 않게 겨울을
조문하듯이

사랑이라고,
사랑이라고 말해 주렴

—「악녀라 불러다오」 부분

위 시는 시인이 생각하는 타자, 그리고 그 타자와의 관계가 무엇인지를 보여 준다. 타자는 알 수 없는 존재이며 관계란 난해하다는 것이 여러 시편에서 드러나는 김은경 시인의 기본적인 생각으로 보인다.

그런데 지금 우리가 잃어버리고 있는 '타자'들을 되살리기 위해서는 타자와의 관계가 주는 불확실성과 좌절감이 오히려 필요한 것이 아닐까. 에로스의 매혹이 성립되기 위해서 타자와의 거리는 확보되어야 한다. 비밀과 미지의 영역이 있어야만 한다. 그리고 관계에는 어느 정도의 불안이 늘 필요한 법이다. 결핍이 없다면 욕망은 어느 순간 시들어 버리는 것이므로. 그러니 사랑은 성취가 아니라 바람이다. 선언이 아니라 기대(期待)다. 그래야만 지속될 수 있다.

그러니 시인은 이렇게 말하는 것이다. "노래하듯이 말고/약속하듯이 말고/승리하듯이도 아니고//실패하듯이/침묵하듯이" 말하라는 것이다. "사랑이라고, 사랑이라고."

「서툰 사람들」이라는 시의 제목이 더 매력적인 것은 이 때문이다. 약속할 수 없는 불확실한 미래 앞에서, 실패의 예감을 안고서 사랑을 말하는 그들은 '서툰 사람들'이다. 그러나 그 서툴다는 것이 그들을 더욱 인간적인 사람들이 되게 하며, 시대와 불화하게 만드는 점이다. 그들은 "세인(世人)"이 아니다. 비록 서툴고 삐딱할지언정, 우리의 삶과 행동과 지각과 생각을 규정하려고 하는 시대의 욕망이 아닌 자신의 욕구를 가지는 고유한 존재들이다.

보고 싶다는 말
아름답다는 말
미안하다는 말을 들으면
눈물이 나,

나는 기도했지
당신이 잃었으면 (눈을)
당신이 알았으면 (피를)

당신이 앓았으면 (비로소 사월을)

한때는 세상의 모든 병원을 무너뜨릴 꽃이,
꽃이 피고 있다고 믿었지

지금 이곳은 면도날로 저민 꽃잎 같은
모욕만이 무성하나니

울기 싫은데 매일 울기만 하는 사람처럼
죽기 싫은데 완전히 살아 있지는 못하는 환자처럼

고백에 서툴고
생활에 서툴고
셈에 서툰 사람으로 늙어가는 일

—「서툰 사람들」 부분

사회에 의해 규정되지 않은 이 비규격의 존재들은 '세인'이 아니므로 좀 이상하고 서툴지 모르지만 세상의 진실에는 훨씬 근접해 있다. 안정적인 안쪽 세상이 아닌 바깥쪽에서 진짜 세상을 직면할 수 있기 때문이다. 당신이 (눈을) 잃었으면, (피를) 알았으면, (비로소 사월을) 앓았으면 하고 기도했다는 것은 무슨 말인가? 세상 사람들이 보는 '같은 시선'을 버리고 고통을 알아야만 비로소 진실을 병처럼 앓을 수 있다는 뜻이 아닐까.

"한때는 세상의 모든 병원을 무너뜨릴 꽃이" 핀다고 믿었지만 이제 시적 화자는 더욱 더 깊은 깨달음에 이르렀다. "울기 싫은데 매일 울기만 하는 사람처럼/죽기 싫은데 완전히 살아 있지는 못하는 환자처럼" 살아가는 것만이 고작이라고, 그러나 "고백에 서툴고/생활에 서툴고/셈에 서툰 사람"이어야만 '세인'들과 엇갈린 길을 걸어갈 수 있다. '생활'의 논리와 생산성, 경제성이 모든 것에 우선되며 경쟁 속에 사람들을 동질화시키는 신자유주의 하에서 시대와 엇나가려면 서툴고 엉뚱하고 이상해지는 편이 낫다. 그래서 시인은 "답 없는 질문"을 던진다.

생활이란 얼마나 거추장스러운 것인지

답 없는 질문을 혼자 던지곤 합니다
가령

우리한테 다음 생이 있을까
저 수많은 별은 누구의 영혼일까

갠지스 모래알만큼 많은 비밀을 품은 사람들

—「요가 수업」 부분

답이 없는 질문이란 지극히 비효율적인 것이다. 해결할 수 없는 것들에 시인은 골몰하며 "갠지스 모래알만큼 많은 비밀을 품은 사람들"에 끌린다. 그가 원하는 것은 이 투명한 사회에 "알 수 없는 것들"을 자꾸만 끌어오는 것이다. 그래서 시인은 말한다. "오늘도 우리는 구름을 흠모하고/곧 탄로 날 거짓말을 공모하네"(「알 수 없는 것들」)라고.

쓰레기 버리지 마시오 낙서 금지 사랑해 금옥아

모든 금지의 담벼락을 넘어
세상 꽃이란 꽃들은 목숨을 다하여 피고

—「동경」 부분

낙서 금지라고 쓰여 있는 벽에 "사랑해 금옥아"가 쓰여 있다는 것은 의미심장하다. 그는 금지를 넘어서는 사랑을, 담벼락을 넘어 "목숨을 다하여 피"는 꽃들을 말하고 싶어 한다.

김은경의 시에 가득한 것은 시인 자신의 표현을 빌면 "일요일의 상상력"이라고 말할 수 있겠다. 곧 닥쳐올 '블루 먼데이'를 예감하면서도, 주말에 남은 휴식의 에너지를 아낌없이 쓰며 더욱 절실하게 공상 속에 빠져들게 하는, 그런 일요일.

밭마다 꽂힌 초고압 송전탑이 외계인의 비밀기지라면
24시 켜진 네온이 그들의 구조 사인이라면
청량리 떡전교에서 휘청휘청 겨우 나를 비껴가는
리어카가 실은 춤을 추고 있는 거라면
허공이 토해낸 은행알들이
엄마의 젖꼭지라면, 흐느낌이 올 때마다 그녀
한쪽 가슴 걷어 올려 뽀얀 즙 먹여 준다면

사방에 숨은 맨홀들이 야전 침대라면
시립공원 녹슨 그네가
잠 못 드는 한 사람을 위한 일인용 안락의자라면

오늘이 어제라면

겨울나무에 휘감긴 전구알들이 긴 밤 굽어살피는
신의 눈동자라면
그가 나를 사랑하고 있다면

달콤할까?
조금 덜 서운할까?

월요일이 오고
장례식에 가고

밤새 덮고 있던 이불을 누군가 거두어 가고

시시콜콜 병이 자라고
어제 받은 꽃이 비록 오늘
시들어도

—「일요일의 상상력」 전문

이 시집의 곳곳에서 아픔과 이별, 상실과 상처가 피 흘리듯 드러나 있으며, 여러 편의 시들에 세월호의 기억 또한 무겁게 자리하고 있다.

그러나 위 시와 같은 엉뚱하고 발랄한 상상 속에서라면, "그가 나를 사랑하고 있다면", 고통스러운 삶도 좀 달콤해질 수 있다. "월요일이 오고/장례식에 가고//밤새 덮고 있던 이불을 누군가 거두어 가고//시시콜콜 병이 자라고/어제 받은 꽃이 비록 오늘/시들어도" 말이다.

시인은 무책임하게 연민하지 않는다. 그저 고통을 있는 그대로 바라보고, "일요일의 상상력"을 더해 그 안에서 한 줌의 구원, 미니마 모랄리아(Minima Moralia)를 찾으려 할 뿐이다.

연민 없는
냉정의 순간
거짓말보다 빨갛게
피어오르는 양귀비

—「독버섯 농장으로 놀러 오세요」 부분

시인은 쉽게 위로나 안이한 해결책을 던지지 않는다. "우리는 기어이 문을 열고 들어갔지/서로의 숟가락에 상냥히 깍두기를 얹어 주는 상상을 하며//불길한 예감에도 달라지지 않는 끝"(「오늘의 메뉴」)이라는 시 구절처럼 '새드엔딩'이 '해피엔딩'이 되지는 않을지라도 우리는 고통을 좀 더 '해피'하게 견딜 수는 있다. 수많은 타자들과, "날개 없는 누구에게나 밀실은 필요"(「로맨티스트」)하다는 사실을 인정하고 많은 비밀과 불안 속에서, 그래도 계속 사랑하면서.

니체는 『차라투스트라는 이렇게 말했다』에서 춤추는 별을 잉태하기 위해 인간은 자신 속에 혼돈을 간직하고 있어야 한다고 썼다. "춤추는 별"을 낳기 위한 내면의 혼돈. 어쩌면 시인이 보여 주고 싶었던 것은 이런 춤추는 별의 언어가 아닐까.

시인의 말

그것들이 우리 자신이었으므로 우리가 울 뿐이다.

-로렌 아이슬리

6년 전 여름, 인도 다르질링 우체국에서 엽서를 부쳤다.

첫 시집이 나오기 전이었고, 난생처음 발 디딘 인도를 배회하다 마지막 숨을 고르려고 찾아든 곳이 다르질링이었다.

우체국 직원은 엽서가 서울에 닿기까지 삼 주쯤 걸린다고 귀띔해 주었다. 사실 일 년이나 십 년 정도가 걸려도 상관없을 터였다.

다르질링(Darjeeling)이 티베트어로 '벼락이 치는 곳'을 뜻한다는 건 이곳에 돌아와서야 알았다.

시의 마음이 생성되는 곳도 '다르질링'이 아닐까. 구름이 몰리고 바람이 몰리고 눈물방울이 몰리는 그곳에서 패배자의 심정으로, 길 잃은 이의 마음으로 쓰는 게 시 아닐까.

그런 마음으로 두 번째 시집을 엮는다.

같이 울어 준 분들에게 고맙다.

2018년 여름, 별내에서

김은경

실천시선 255
우리는 매일 헤어지는 중입니다

2018년 7월 20일 1판 1쇄 찍음
2018년 7월 20일 1판 1쇄 펴냄

지은이 김은경
펴낸이 윤한룡
편집 한지혜
디자인 한시내
관리·영업 최윤영
펴낸곳 (주)실천문학
등록 10-1221호(1995.10.26)
주소 서울특별시 중랑구 상봉로 110, 1102호 (망우동)
전화 322-2161~5
팩스 322-2166
홈페이지 www.silcheon.com

ISBN 978-89-392-3023-1 03810

이 도서의 국립중앙도서관 출판시도서목록(CIP)은 e-CIP홈페이지(http://www.nl.go.kr/ecip)와
국가자료공동목록시스템(http://www.nl.go.kr/kolisnet)에서 이용하실 수 있습니다.
(CIP제어번호:CIP2018022603)